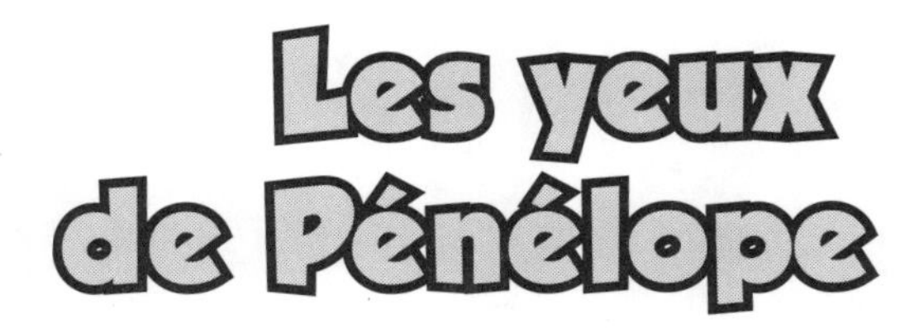
Les yeux
de Pénélope

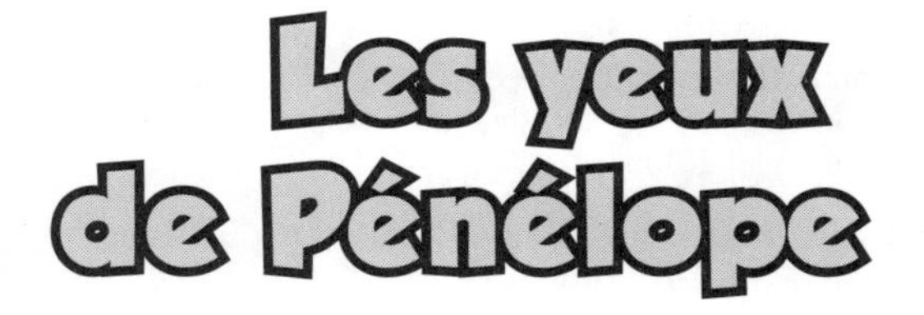

JOSÉE PLOURDE

Catalogage avant publication de Bibliothèque et Archives C

Plourde, Josée, 1960-

Les yeux de Pénélope
(Haute fréquence ; 4)
Publ. à l'origine dans la coll.: Nature jeunesse. c1991.
Pour enfants de 8 ans et plus.
ISBN-13: 978-2-89435-330-1
ISBN-10: 2-89435-330-8

I. Monette, Lise, 1962- . II. Titre. III. Collection.

PS8581.L589Y39 2006 jC843'.54 C2006-941804-7
PS9581.L589Y39 2006

Ce texte est déjà paru aux Éditions Michel Quintin dans la collection Nature Jeunesse.

Illustrations : Lise Monette
Correction d'épreuves : Rachel Fontaine
Conception de la couverture et infographie :
Marie-Ève Boisvert, Éditions Michel Quintin

Le Conseil des Arts du Canada
The Canada Council for the Arts
SODEC Québec
Patrimoine canadien Canadian Heritage

La publication de cet ouvrage a été réalisée grâce au soutien financier du Conseil des Arts du Canada et de la SODEC.

De plus, les Éditions Michel Quintin bénéficient de l'aide financière du gouvernement du Canada par l'entremise du Programme d'aide au développement de l'industrie de l'édition (PADIÉ) pour leurs activités d'édition.

Gouvernement du Québec – Programme de crédit d'impôt pour l'édition de livres – Gestion SODEC

ISBN 2-89435-330-8
ISBN 978-2-89435-330-1

Dépôt légal - Bibliothèque et Archives nationales du Québec, 200
Dépôt légal - Bibliothèque et Archives Canada, 2006

Éditions Michel Quintin
C.P. 340, Waterloo (Québec)
Canada J0E 2N0
Tél.: 450-539-3774
Téléc.: 450-539-4905
www.editionsmichelquintin.ca

0 6 - G A - 1

Imprimé au Canada

Pour Pénélope, la vraie,
qui a quitté ses maîtres
à l'âge de 18 ans.

Pour Cassonade, mon petit
chien à moi, qui n'a que
4 mois au moment
où j'écris ces lignes.

Psst!

L'aventure que tu t'apprêtes à vivre a bel et bien été inventée...

Mais la **vraie** mission d'un chien-guide, c'est grâce à la Fondation MIRA (qui fournit des chiens-guides aux aveugles) que tu pourras la découvrir. Remercions plus spécialement Sylvie Fradette et Éric Saint-Pierre qui ont fourni à Josée Plourde, l'auteure, les renseignements dont elle avait besoin pour écrire cette histoire... à moitié vraie.

Bonne lecture!

PSST!

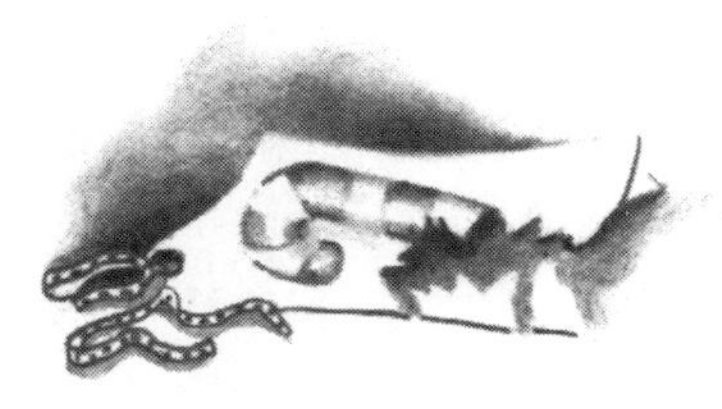

1

LA PROPOSITION

De loin, la maison a l'air assoupie sous la neige qui tombe lentement. Les lumières bleues qui scintillent dans un sapin bleu complètent le tableau digne d'une carte de Noël. À l'intérieur, il se passe des choses plutôt bizarres. Dans un coin du salon, un très grand sapin qui frôle le plafond s'agite sur son pied et gronde. Un sapin qui gronde et qui s'agite tout seul? Qu'est-ce que ça veut dire? Ah voilà! C'est Babouchka, la douce Babouchka, la chienne de la maison, qui est la cause de tout ce remue-ménage. La tête coiffée de glaçons artificiels, elle émerge du sapin.

Une boule rouge accrochée à son poil noir, Babouchka fête Noël à sa façon. Elle ne gronde plus. Elle a trouvé ce qu'elle cherchait. Dans sa gueule, elle tient délicatement un paquet enveloppé avec goût. Elle s'installe confortablement sur le plancher et commence à déchirer le papier de son mieux. Au même moment, Fanie et son cousin Alex entrent dans le salon et s'empressent d'alerter la maisonnée. C'est un concert de cris d'alarme!

— Maman, Papa, venez vite! Babouchka est en train de déballer un cadeau, s'écrie Fanie.

Alex, qui s'est précipité sur Babouchka, essaie de lui arracher le paquet. Mais Babouchka tient bon et serre les dents tant qu'elle peut. Le père de Fanie fait irruption dans le salon et appelle sa chienne avec autorité.

— Viens ici, fait-il, l'air très sérieux.

À regret, Babouchka, la queue basse, vient déposer le cadeau aux pieds de son maître. Monsieur Briard prend le cadeau et lit ce qui reste de la carte :

— À ma Babouchka adorée, de ton maître! C'est ton cadeau, Babouchka, c'est à toi, tu peux l'ouvrir.

Le paquet retourne dans la gueule de la chienne qui trépigne de plaisir. Tous sont accourus pour assister au déballage du premier cadeau de la soirée. Ce soir, toute la famille est là. La grande famille de Fanie. Il y a évidemment son père, le garde-chasse Briard[1], sa mère, Véronique Briard, qui est vétérinaire, Alex, le cousin de Fanie, partenaire de ses aventures, ainsi que les parents d'Alex, Christiane et Marc, qui sont tous les deux professeurs et qui aiment beaucoup les enfants. Dans les bras de Marc, un bébé de quatre mois gigote en poussant des cris; c'est Noémie, la petite sœur toute neuve de Fanie. Viennent compléter ce beau tableau les grands-parents Briard qui s'esclaffent en voyant Babouchka développer son cadeau. Babouchka a enfin réussi à ouvrir le paquet. Monsieur Briard lui a fait don de ses vieilles

1. Voir *La forêt des soupçons*, Éditions Michel Quintin.

pantoufles. Folle de joie, Babouchka court de l'un à l'autre, les pantoufles dans la gueule. Elle vient finalement les déposer aux pieds de monsieur Briard.

— Merci Babouchka, mais je n'en veux pas. Je te les donne, elles sont à toi maintenant.

Monsieur Briard lui remet les pantoufles et Babouchka va se coucher dans un coin pour les mordiller tranquillement. Maintenant, la distribution des cadeaux peut commencer. Fanie reçoit un sac de couchage doublé de duvet. Rien de plus chaud pour le camping d'hiver. Sa mère lui a promis qu'elles partiraient toutes les deux quelques jours. Ravie, Fanie fonce dans les bras de sa mère pour l'embrasser. Ce n'est pas toujours facile d'être la grande sœur et de devoir partager ses parents avec le nouveau bébé. Ses parents le comprennent bien et font de leur mieux pour qu'elle ne se sente pas moins importante que Noémie. Fanie adore sa nouvelle petite sœur mais un bébé, c'est un bébé, et il faut beaucoup s'en occuper. D'où l'idée du camping. Fanie et sa mère seront enfin seules pour quelques jours. Attendrie, madame Briard promet encore une fois :

— Nous irons en camping très bientôt, Fanie.

Alex reçoit les miniskis dont il rêvait. Monsieur Briard déballe de nouvelles pantoufles beaucoup plus jolies que celles qu'il a données à Babouchka. Noémie est inondée de cadeaux. On rit, on déballe, on s'emballe et on crie. Quand il ne reste plus un seul paquet, il est temps de passer à table. Chez les Briard, le réveillon de Noël est très spécial. Chacun cuisine un plat. Les hommes, les femmes, les enfants. Seules Noémie et Babouchka n'ont pas mis la main à la pâte. De toute façon, elles ont un menu à part. Chacune son menu, il va sans dire. Les convives sont à peine installés à table qu'une lueur de phares d'automobile balaie le mur de la salle à manger. Une auto s'engage dans l'allée. Qui donc?... Alex et Fanie partent en courant.

— C'est Patrice, c'est Patrice!

En passant devant la fenêtre, Fanie s'arrête net de courir; son œil a été attiré par une image troublante. Son oncle Patrice avance très lentement comme s'il était ralenti par la neige qui tombe. On ne voit pas ses pieds. Avec son long manteau noir, il a l'air d'une ombre qui flotte dans la cour. Un gros labrador blanc portant un attelage marche prudemment à ses côtés. Dans un éclair, Fanie comprend tout : le chien est un chien-guide et son oncle Patrice qu'elle aime tant est soudainement devenu aveugle! Pauvre Patrice! Elle pousse un cri de désespoir!

— PATRICE!

Alex est déjà rendu à la porte qu'il a ouverte toute grande.

— N'appelle pas le chien, lui dit Patrice, laisse-le faire son travail jusqu'au bout.

Apercevant Fanie, le visage blanc comme la neige, Patrice lui envoie la main.

— T'es bien pâle, Fanie, as-tu vu un fantôme? lui lance-t-il.

Fanie est soulagée! Patrice l'a reconnue, il n'est pas aveugle! Mais qu'est-ce qu'il fait avec un chien-guide? Si c'est une blague, elle n'est pas drôle. Patrice aime bien faire des blagues, mais cette fois Fanie ne le trouve vraiment pas drôle.

— Qu'est-ce que tu fais? Tu t'amuses à faire l'aveugle? lui demande Fanie, un peu vexée d'avoir eu si peur.

C'est Alex qui répond.

— Patrice travaille. Il dresse des chiens pour en faire des chiens-guides.

Patrice est entré dans la maison et secoue la neige sur ses épaules. Il enlève l'attelage au chien et lui fait une caresse.

— Bon chien, bon chien. Les enfants, je vous présente Rickie. Dans quelques semaines, ce chien va voir à la place d'un aveugle.

La mère de Fanie vient accueillir Patrice.

— On se demandait si tu viendrais. Tu nous a amené un de tes élèves?

— Oui, répond Patrice, et le meilleur.

Rickie distribue des coups de langue à tout le monde. Puis il se retrouve nez à nez avec Babouchka qui se demande sans doute si c'est encore un cadeau pour elle. Pas besoin de faire les présentations, les chiens ont leur façon bien à eux de faire connaissance. Ils sont drôles à voir, ces deux labradors ensemble, l'un blanc et l'autre noir.

— Je pense, dit Patrice en riant, que Fanie a cru que j'étais vraiment aveugle. Elle avait l'air d'avoir vu un fantôme quand Alex a ouvert la porte.

— Pas du tout, ment Fanie, honteuse de s'être raconté une histoire à faire peur. Personne ne me dit rien ici, je ne savais pas que tu travaillais avec des chiens.

— Je suis comme tout le monde dans la famille, répond Patrice, j'adore les animaux. J'aurais voulu être vétérinaire comme ta mère.

Le père de Fanie vient à son tour accueillir Patrice.

— Bienvenue le p'tit beau-frère! As-tu besoin d'un coup de main pour entrer tes cadeaux? demande monsieur Briard en lui faisant un clin d'œil.

— Si tu penses au cadeau spécial dont je vous ai parlé, je pourrais venir le porter demain, si vous êtes d'accord évidemment, répond Patrice.

— Déjà! s'étonne monsieur Briard. Tu nous en as parlé seulement hier!

— Les gens doivent partir plus vite que prévu, reprend Patrice.

— C'est quoi ce cadeau-là? demande Fanie, intriguée.

— Fanie, dit sa mère, Patrice a un service à nous demander. Mais avant d'accepter, ton père et moi, on voudrait avoir ton avis.

— Mon avis? À moi? Super! dit Fanie. Tout de suite. On peut faire une petite réunion au salon, si vous voulez.

* * *

Aussitôt dit, aussitôt fait! Fanie, ses parents et son oncle se réunissent au salon. La proposition de Patrice est à la fois simple et compliquée. Voilà. Patrice travaille au dressage des chiens-guides. Mais avant d'être dressés, les chiens

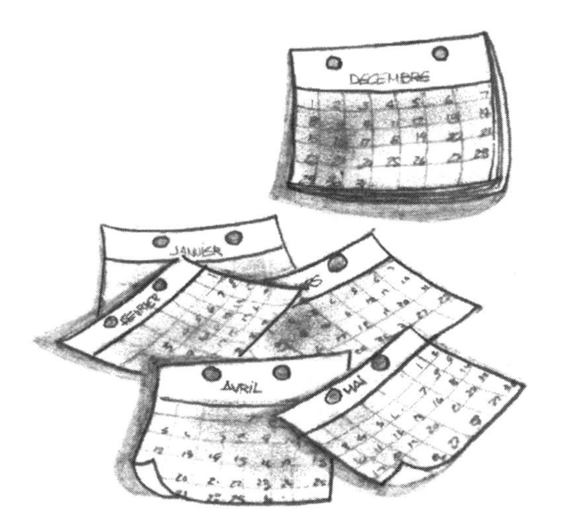

doivent vivre pendant un an dans une famille d'accueil. Un des chiens dont il s'occupe vit depuis six mois dans une famille qui est maintenant obligée de déménager loin, très loin. Évidemment, le chien ne peut pas partir avec eux. Alors Patrice cherche une famille qui accepterait d'adopter ce chien pour les quelques mois qui restent. Ensuite, le chien devra subir son dressage pour finalement rencontrer un maître aveugle.

— Ton père et moi, dit la mère de Fanie, nous aimons beaucoup les animaux.

Nous savons que tu les aimes aussi. Mais si nous acceptons, il ne faudra jamais oublier que ce chien n'est pas à nous, qu'il ne passera pas sa vie ici.

— Si tu préfères ne pas avoir un autre chien, ajoute son père, Patrice trouvera bien ailleurs un foyer pour... Comment s'appelle-t-il?

— C'est une femelle, précise Patrice. Elle s'appelle Pénélope. Une bien belle fille... Si vous acceptez, je vous la présenterai demain.

— Donnez-moi la soirée pour y penser, suggère Fanie.

Après avoir longuement réfléchi, après avoir discuté avec Alex et parlé dans un coin à Babouchka qui la regarde comme si elle comprenait, Fanie se décide enfin.

— Voilà, dit-elle, je veux bien qu'on prenne Pénélope avec nous. Mais il y a une condition : il ne faut pas me demander d'aimer cette Pénélope autant que j'aime Babouchka. Babouchka, c'est mon chien depuis toujours, je n'en aimerai jamais un autre autant. Pour le reste, ça va, je vais m'en occuper du mieux que je peux.

— Merci Fanie, c'est très généreux de ta part, répond sa mère. Tu peux amener Pénélope demain après-midi, Patrice.

— Nous allons le rendre heureux, ton futur chien-guide, ajoute son père.

— Pénélope, c'est joli pour une chienne, affirme Alex à qui on n'a pas demandé son avis mais qui le donne quand même.

2

Le coup de foudre

La nuit a été agitée. Fanie a mangé plus que de raison au réveillon et elle s'est couchée le ventre plein comme un œuf. C'est peut-être pour ça qu'elle a fait un mauvais rêve. Un nouveau chien était entré dans la maison et Fanie l'adorait. Elle en prenait grand soin et Babouchka, jalouse et malheureuse, refusait de manger depuis plusieurs jours. Elle se traînait lamentablement dans la maison en lançant à Fanie des regards d'une grande tristesse.

Ce n'est que le lendemain, pendant le dîner, que Fanie se rappelle son rêve. Peinée, elle s'enferme dans sa chambre avec Babouchka. Il faut lui expliquer ce qui va se passer.

— Tu vois, Babouchka, ce chien ne restera pas bien longtemps. C'est un service que nous rendons à Patrice. Il faut pas que tu croies qu'on va te remplacer. Est-ce que toi, tu me remplacerais par quelqu'un d'autre?

Babouchka penche la tête d'une façon comique en poussant un petit gémissement.

— Non? Eh bien, moi non plus. Il n'y a qu'un seul chien dans mon cœur, et c'est toi. Même si tu me vois brosser un autre chien, le promener, c'est ma belle grosse Babouchka que je préfère.

Pour le prouver, Fanie pose un gros bec sur la tête de Babouchka. Andréanne, la meilleure amie de Fanie, passe la tête par la porte entrouverte.

— Tu fais des déclarations d'amour à ton chien maintenant? C'est Steve Trottier qui va être jaloux! lance Andréanne.

— Andréanne! s'exclame Fanie, heureuse de retrouver son amie après une

séparation de quelques jours. C'était comment Noël chez tes grands-parents?

— Amusant! On a bien mangé! Puis j'ai eu plein de cadeaux. Des bandes dessinées, un chandail de laine super chaud, des raquettes…

— C'est drôle, Alex a eu des skis, dit Fanie.

— Alex était ici? s'informe Andréanne, intéressée.

— Alex est encore ici. Il doit être au sous-sol. Il est avec ses parents. C'est pratique, si vous voulez vous fiancer, il va pouvoir te présenter à sa famille! se moque Fanie.

— Niaise-moi donc! Pour une fois que j'trouve qu'un gars est pas idiot, laisse-moi faire. On descend?

Fanie retient Andréanne.

— Tu devineras jamais ce qui m'arrive. Imagine-toi donc qu'on va avoir un autre chien!

— Un autre chien! Chanceuse! Moi, depuis que je suis à la maternelle que je demande d'avoir un chien, mais y a rien à faire. Mes parents veulent pas! Toi, t'as déjà un chien pis tu vas en avoir un deuxième!

— Pars pas en peur, l'arrête Fanie. C'est juste pour un p'tit bout de temps. On va le garder en attendant qu'il devienne chien d'aveugle. Je sais pas comment Babouchka...

Andréanne ne laisse pas son amie terminer sa phrase.

— Je voulais avoir une petite sœur, c'est toi qui en as eu une. Je veux avoir un chien, t'en reçois un deuxième! T'es vraiment super chanceuse.

— Je pense, dit Fanie, que tu sais pas de quoi tu parles. La p'tite sœur, j'ai pas choisi, pis le chien, c'est surtout pour rendre service à un aveugle!

— Je peux pas m'empêcher de te trouver chanceuse! s'exclame encore Andréanne.

Mais la sonnerie de la porte interrompt la discussion.

— Ça doit être Patrice qui arrive avec Pénélope, dit Fanie.

— Ton oncle Patrice? Avec sa blonde? demande Andréanne qui s'intéresse de plus en plus aux garçons de tous les âges.

— Non. Pénélope, c'est le nom de la chienne!

— On va voir?

Sans attendre la réponse de Fanie, Andréanne descend les marches quatre à quatre. Babouchka, tout aussi curieuse, descend si vite qu'elle arrive en bas la première. Elle se retrouve nez à nez avec Pénélope.

Pénélope, c'est un bouvier bernois. Une belle chienne noire au poil légèrement frisé, avec un masque brun et blanc autour des yeux et encore un peu de blanc sur la poitrine. Ses yeux ont l'air tout tristes.

Toute la famille entoure les deux chiennes qui se flairent et se tournent autour. Finalement, Pénélope se décide à donner un grand coup de langue sur le museau de Babouchka. D'abord surprise, Babouchka rend le coup de langue, suivi aussitôt d'un jappement de bienvenue. C'est fait, les chiennes se sont acceptées. Andréanne et Fanie, debout dans l'escalier, se sourient.

— Qu'elle est belle! Pénélope, viens ici! Viens, ma belle, dit Andréanne.

Elle appelle doucement la chienne qui vient vers elle et la regarde avec ses beaux yeux francs. Andréanne prend la grosse tête de Pénélope entre ses mains et, les yeux mouillés, regarde sa meilleure amie.

— Tu vas me la prêter une fois de temps en temps, hein Fanie? Elle est trop belle pour que tu la gardes pour toi toute seule.

Fanie caresse d'une main la tête de Babouchka qui s'est approchée. Elle sourit.

— Je vais te la prêter tant que tu voudras pendant qu'elle sera avec nous. Moi, j'ai déjà Babouchka, je peux bien te laisser aimer Pénélope.

Alex, qui arrive du sous-sol, n'a rien vu de la scène qui vient de se passer.

— Salut Andréanne. Ah, c'est le nouveau chien de la maison. Y'est beau. Vous avez bien l'air drôle, les filles, avez-vous perdu un chien de votre chienne, comme on dit?

* * *

Le dimanche suivant est idéal pour une expédition en montagne. Il y a beaucoup de monde sur les pentes du mont Sutton, mais Fanie et Andréanne savent où emmener glisser les garçons en évitant la foule. Les garçons, ce sont Alex, bien sûr, et Steve Trottier, qui est dans la même classe que les deux filles. Pénélope et Babouchka accompagnent les enfants. Folle de la neige, Babouchka se laisse débouler sur la pente ou saute carrément dans le traîneau des enfants. Mais Pénélope n'a pas l'air d'aimer cette poudre blanche si froide qui lui colle aux pattes. À chaque pas, elle lève une patte et la secoue pour faire tomber la neige.

Babouchka, qui a envie de s'amuser, pousse Pénélope dans la neige et roule sur elle. Alex, Steve, Andréanne et Fanie suivent Babouchka. Ils lancent de la neige à Pénélope qui, trop heureuse qu'on s'occupe d'elle, oublie que la neige est froide et se jette dans la mêlée. Les jeunes rient et les chiennes poussent de petits jappements pour manifester leur contentement. Quand la bataille prend fin, ils se retrouvent tous étendus dans la neige de tout leur long pour reprendre leur souffle.

Tout naturellement, Babouchka est venue se coucher près de sa petite maîtresse, Fanie. Et comme si c'était naturel, c'est auprès d'Andréanne que Pénélope vient chercher la chaleur et les caresses. Andréanne, encore toute rouge de s'être roulée dans la neige, rougit aussi de plaisir. Jamais un chien ne lui a manifesté autant d'attention. Depuis une semaine, dès qu'Andréanne est là, Pénélope la suit fidèlement. Quand Andréanne vient manger chez Fanie, c'est toujours sous sa chaise que Pénélope se couche. Elle lui apporte sa balle pour jouer et si madame Briard n'intervenait pas, Pénélope partirait avec Andréanne quand il est temps de rentrer.

À la tombée du jour, les enfants se résignent à retourner à la maison. L'école reprend le lendemain et Alex repart chez lui dans la soirée, sans doute jusqu'aux vacances d'été. Alex et Steve sont devenus de très bons amis et font déjà des projets pour l'été. Ils ont hâte de se retrouver. Les filles marchent devant et Pénélope, tout en avançant, appuie sa tête contre la cuisse d'Andréanne.

— C'est drôle, dit Fanie, on dirait que Pénélope, c'est ton chien.

Andréanne rougit encore une fois... de plaisir.

* * *

Les filles sont retournées à l'école. Le temps file. Bébé Noémie a maintenant 6 mois et elle commence à s'agiter sérieusement. Madame Briard a repris son travail de vétérinaire. Comme sa clinique se trouve tout près de la maison, elle peut venir voir Noémie dans la journée. La mère d'Andréanne garde la petite quand monsieur Briard n'est pas à la maison.

Tous les jours, Pénélope attend les filles à la sortie de l'école. Quand elle voit arriver Andréanne, elle vient coller son museau dans sa main en gémissant de joie. Andréanne ne s'arrête pas chez elle : elle poursuit sa route avec Fanie et va rejoindre sa mère chez les Briard.

Aussitôt entrée dans la maison, Fanie va retrouver sa petite sœur. Elle adore jouer avec Noémie, elle la trouve drôle. Les câlins, les « bibittes qui montent », les chatouillis se poursuivent jusqu'à ce que madame Forestier intervienne. Pendant que Fanie s'amuse avec Noémie, Andréanne en fait autant avec Pénélope. Tout y passe. Couché, assis, des caresses, des bises, des coups de langue...

Aujourd'hui, elles font une séance de photos. Andréanne a décrété que Pénélope était la plus belle chienne du

monde et elle souhaite la voir participer à un concours organisé par une compagnie d'aliments pour chiens. Si Pénélope remporte le concours, elle fera de la publicité à la télévision.

Patiemment, Andréanne installe la chienne dans une pose qu'elle trouve avantageuse; assise, bien droite, face à l'appareil photo. Mais Pénélope ne reste pas en place, curieuse de voir de plus près ce troisième œil qui a poussé dans le visage d'Andréanne. Quand monsieur et madame Briard rentrent, Andréanne n'a toujours pas réussi à prendre la photo qui ferait de Pénélope une célébrité. Tant pis, ce sera pour demain. Elle repart avec sa mère.

Comme chaque soir, la séparation est difficile. Andréanne n'en finit plus de caresser la chienne, qui pleure aussitôt que sa jeune maîtresse recule vers la porte. Pour que ça finisse enfin, madame Forestier pousse presque sa fille dehors et ferme la porte au nez de Pénélope, qui reste de longues minutes sans bouger dans l'espoir de la voir revenir. Tout le monde le voit bien, Andréanne adore Pénélope et Pénélope a adopté Andréanne.

* * *

Les adultes pensent qu'Andréanne s'attache trop à Pénélope. Ils ne peuvent pas laisser faire ça. Après en avoir discuté avec madame Forestier, madame Briard décide de parler à Andréanne. Pour qu'elle prenne la chose bien au sérieux, madame Briard la reçoit dans sa clinique. Andréanne est fascinée. Tout la surprend, la captive : la petite table d'opération, la trousse de vétérinaire, les affiches colorées sur les murs. Sur une des affiches, un chat s'élance pour attraper une balle; c'est comme si l'on voyait à travers sa peau : sa petite cage thoracique, son estomac, ses intestins, ses reins, tout. Andréanne trouve tout ça passionnant.

— J'voudrais être vétérinaire comme vous, quand je serai grande, décide-t-elle.

— Il faut beaucoup aimer les animaux pour être vétérinaire, dit madame Briard.

— J'aime beaucoup les animaux, répond Andréanne avec enthousiasme.

Madame Briard sourit.

— Je crois que tu aimes surtout Pénélope. Non?

Andréanne n'a pas besoin de répondre. Son sourire et ses yeux qui brillent en disent long.

— J'ai quelque chose à te dire à ce sujet, Andréanne.

Andréanne pâlit.

— Pénélope est pas malade au moins?

— Non, rassure-toi. C'est une bonne chienne, très forte, très vigoureuse. Il s'agit plutôt de toi. Je veux te rappeler que Pénélope n'est pas avec nous pour toujours. Il ne faut pas que tu t'attaches trop à elle ni qu'elle s'attache trop à toi. Sinon, quand elle partira, vous aurez beaucoup de peine toutes les deux. Pénélope n'est pas ton chien, ni le mien ni celui de Fanie. Elle va devenir un chien-guide, elle sera le chien d'un aveugle. C'est très important.

Andréanne, la tête baissée, ne parle pas.

— Je sais que ce sera difficile pour toi, reprend madame Briard, mais il vaut mieux arrêter de la voir pour un certain temps. Comme ça, elle va se détacher de toi, et toi d'elle.

— Mais Fanie m'a dit que je pouvais garder Pénélope pour la fin de semaine. Vous partez en camping, non?

— Nous partons vendredi et tu vas prendre Pénélope chez toi pour deux jours. Mais c'est la dernière fois. Tu es capable de comprendre ça, Andréanne?

Andréanne retient difficilement ses larmes.

— Oui, madame Briard, je comprends. C'est mieux pour Pénélope.

— Bien. Veux-tu que je te fasse visiter la clinique?

Andréanne est incapable de résister, même avec une grosse peine.

* * *

Assise à son bureau de travail dans sa chambre, Andréanne n'a pas ouvert son sac d'école. Elle devrait être en train de

faire ses devoirs mais elle n'y arrive pas. La photo de Pénélope qu'elle a enfin réussi à prendre est posée devant elle. Andréanne est bouleversée.

— Comment les adultes peuvent-ils être aussi méchants? pense-t-elle. Ils vont obliger Pénélope à travailler alors qu'elle ne pense qu'à jouer. Les chiens ne sont pas faits pour travailler.

Elle prend une feuille de papier et se met à écrire.

« Papa, maman, je ne sais pas ce que je vais faire, mais je ne vous laisserai pas m'enlever mon chien. Pénélope est heureuse ici et je ne veux pas qu'elle parte. J'ai toujours voulu un chien et maintenant que j'en ai un qui m'aime, je vais… »

Andréanne roule la feuille en boule et la jette dans la corbeille. Elle ne sait pas quoi écrire, elle ne sait pas ce qu'elle va faire.

3

La folle escapade

Vendredi. La neige tombe depuis une heure et, si on se fie à la météo, elle n'est pas près de s'arrêter. Les bagages des campeuses attendent dans le hall. Comme elles partent demain matin très tôt, Andréanne est venue chercher Pénélope ce soir. Fanie est emballée à l'idée d'aller camper avec sa mère.

— Celui-là, c'est le sac à dos de ma mère. L'autre, le plus petit, c'est le mien. Regarde, c'est pratique, je peux ranger mon sac de couchage ici, sous le sac à dos. Comme ça, je peux tout porter sur mon dos. C'est un sac de couchage fantastique. Même par le plus grand froid, j'aurai chaud là-dedans.

— Tu me l'as dit cent fois, soupire Andréanne.

— Je sais, mais je suis tellement fière. Pis tu sais quoi? On apporte des repas spécialement préparés pour les campeurs. Ça se vend dans les magasins spécialisés. On a aussi des noix, du chocolat. Ça donne de l'énergie.

Elle rit.

— Ma mère dit qu'on a de quoi manger pour deux semaines.

— Vous partez juste deux jours, dit Andréanne.

— On sait jamais, si on se perd, on aura ce qu'il faut pour survivre jusqu'à ce qu'on nous retrouve, rajoute Fanie. Je te montrerais bien la tente mais elle est pliée dans le sac de ma mère.

Monsieur Briard passe en éternuant.

— J'monte me coucher, Fanie. ATCHOUM! Tu ferais mieux d'en faire autant si tu veux être en forme demain. Bonsoir Andréanne, c'est gentil de t'occuper de Pénélope pour les deux prochains jours.

— Ça me fait plaisir, monsieur Briard.

— Bonne nuit, les filles. ATCHOUM!

— Bon, j'y vais, moi.

Andréanne embrasse Fanie.

— Je voulais te dire que... t'es vraiment ma meilleure amie. J'emmène Pénélope, madame Briard.

— Parfait. Pense bien à ce que je t'ai dit, ma grande, répond madame Briard.

Fanie monte se coucher. Andréanne reste seule dans le hall avec Pénélope. Le temps de mettre ses bottes et d'enfiler son manteau, elle est prête à partir.

* * *

Une heure plus tard, madame Briard, qui lit tranquillement au salon, est dérangée par la sonnerie du téléphone. C'est la mère d'Andréanne qui appelle.

— Véronique, c'est Anne-Marie. Pourrais-tu dire à Andréanne qu'il est assez tard et qu'elle doit rentrer tout de suite?

— Andréanne? s'étonne madame Briard, mais elle est partie depuis une heure!

— Comment? Elle n'est plus chez vous? s'inquiète madame Forestier.

— Écoute, je m'habille et je vais voir dehors. Elle a peut-être voulu promener

Pénélope avant de rentrer.

— Mon mari va faire la même chose. Moi, je reste ici au cas où elle arriverait... Est-ce que je devrais appeler les policiers?

— Non, non. Elle n'est sûrement pas loin. Elle joue avec Pénélope et elle a oublié l'heure. Je vais voir.

— Appelle-moi s'il y a quelque chose.

Madame Briard se précipite dans le hall pour s'habiller. En enfilant ses bottes, elle remarque quelque chose d'étrange. Le sac à dos de Fanie a disparu! Sa première idée est qu'Andréanne s'est sauvée avec le sac à dos. Mais pourquoi?

« À moins que Fanie ait emporté le sac dans sa chambre », se dit madame Briard.

Sans prendre le temps d'enlever ses bottes, elle monte rapidement l'escalier et entre dans la chambre de sa fille. Fanie dort comme un ange et le sac à dos n'est pas là. Madame Briard redescend pour appeler madame Forestier.

— Il se passe quelque chose, lui dit-elle. Le sac à dos de Fanie a disparu. J'ai bien peur qu'Andréanne se soit enfuie avec Pénélope. Appelle les policiers, moi je réveille Fanie, elle sait peut-être quelque chose.

Elle remonte l'escalier quatre à quatre, entre dans la chambre de Fanie et la réveille doucement. Fanie a peine à garder les yeux ouverts.

— Fanie, où est ton sac à dos? C'est important.

— Dans le hall juste à côté du tien, répond Fanie en se retournant dans son lit.

— Est-ce qu'Andréanne t'a dit quelque chose de spécial en partant?

— Non. Rien. Elle a dit que j'étais sa meilleure amie... Qu'est-ce qui se passe? demande Fanie, tout à fait réveillée.

— C'est ce que je voudrais bien savoir moi aussi, renchérit une voie enrhumée.

C'est son père, debout dans l'encadrement de la porte.

— Il y a beaucoup d'activité dans cette maison depuis cinq minutes, ajoute-t-il.

— On dirait qu'Andréanne avait un très gros secret sur le cœur, répond madame Briard, soucieuse.

* * *

Les recherches s'organisent rapidement. Les parents d'Andréanne ont appelé les policiers et monsieur Briard communique avec son collègue, Daniel Vézina. Si Andréanne a eu la mauvaise idée de prendre la direction de la forêt, ils ne seront pas de trop de deux gardes-chasse pour la retrouver. Monsieur Briard explique brièvement la situation à Daniel.

— Les policiers fouillent les environs. Ils doutent qu'Andréanne soit partie vers la forêt, mais nous allons nous en assurer. Le temps de déposer Noémie chez les Forestier, je passe te prendre.

— Je m'habille et je t'attends sur la route, nous gagnerons du temps. Avec la neige qui continue de tomber, toutes les minutes sont précieuses.

Le bébé dans les bras, monsieur Briard sort dans la nuit.

— Ce n'est vraiment pas un temps à mettre un chien dehors, et encore moins une petite fille…

* * *

C'est en mettant ses bottes, accroupie dans le hall chez Fanie, qu'Andréanne avait aperçu le sac à dos et qu'il lui était venu une idée. Si elle partait quelques jours avec Pénélope, ses parents s'inquiéteraient assez pour comprendre qu'elle était prête à tout pour garder sa chienne. Et puis avec le sac à dos de Fanie, elle pouvait partir tranquille; Fanie avait dit qu'il y avait de quoi manger pour deux semaines. Sans traîner, Andréanne avait pris le sac, l'avait mis sur son dos et était partie fièrement, Pénélope à ses côtés. Elle avait d'abord marché vers la route.

— Tu pourrais marcher jusqu'à Sherbrooke, Pénélope? avait-elle demandé.

Pénélope avait levé la tête en entendant son nom, et Andréanne avait conclu qu'elle voulait dire oui. Elle projetait d'aller rejoindre Alex, certaine qu'il l'aiderait. La neige tombait déjà à plein ciel et Andréanne s'amusait à faire fondre des flocons sur sa langue. Pénélope se contentait de lécher ceux qui venaient échouer

sur son museau. Elles avaient marché ainsi quelques minutes sur la route et Andréanne avait eu une autre idée.

— Comme on a un sac de couchage mais pas de tente, on ferait mieux de dormir dans la forêt. Comme ça, on aurait la cime des arbres pour nous protéger. Et il y aura moins de neige en forêt.

Elle avait bifurqué et pris un sentier qu'elle connaissait bien. Pénélope l'avait suivie, docile, confiante. Pourtant, Andréanne venait d'avoir une bien mauvaise idée.

* * *

La neige tombe toujours. Madame Briard conduit lentement; ce n'est pas le moment d'avoir un accident. Fanie, à ses côtés, scrute la nuit à la recherche de son amie. Babouchka, assise derrière, regarde elle aussi par la fenêtre.

— Mais pourquoi Andréanne m'a rien dit? demande Fanie pour la quatrième fois.

— Je ne sais pas, Fanie, répond sa mère, je ne sais pas.

— C'est de ma faute, j'aurais dû voir qu'elle avait de la peine, soutient Fanie.

— C'est la faute de personne et c'est la faute de tout le monde, proteste madame Briard. Moi non plus, je n'ai pas vu que c'était aussi grave.

— Si j'avais pas laissé mon sac à dos dans l'entrée aussi, se reproche Fanie. J'ai pas arrêté de lui dire que c'était un bon sac à dos, qu'il y avait tout ce qu'il fallait pour survivre en forêt...

— Assez, l'interrompt sa mère, il ne s'agit pas de trouver à qui la faute, il s'agit de retrouver Andréanne.

— Est-ce que tu penses qu'on va la retrouver, maman? demande Fanie d'une petite voix cassée.

Madame Briard arrête la voiture et prend sa fille dans ses bras.

— Je te promets qu'on va faire tout ce qu'il faut pour ça. Maintenant, j'ai besoin que tu m'aides. Me fais-tu confiance?

— Oui, dit Fanie.

Elle laisse rouler deux grosses larmes sur ses joues.

— Je sais que toi et Andréanne, dit sa mère, vous avez vos petits secrets.

— Quel genre de secrets? s'étonne Fanie.

— Des endroits où vous aimez aller vous réfugier quand vous voulez avoir la paix, des endroits que les adultes ne connaissent pas, des endroits où on ne penserait pas à aller vous chercher. Je me trompe? demande madame Briard.

— Non. On a bien nos petits coins secrets, répond Fanie en baissant la tête.

— J'imagine que tu as juré de ne pas en parler.

Fanie ne répond pas, fixant un point loin devant elle.

— Ça dépend... risque-t-elle.

— Je voudrais que tu m'emmènes dans chacune de tes cachettes. Il faut vérifier si Andréanne n'y est pas. Je jure que demain, j'aurai tout oublié. Promis.

La première cachette est une petite gare désaffectée, située derrière la ferme des Crépeau. Les filles l'ont décorée avec des rideaux que madame Briard reconnaît sans rien dire. Une vieille caisse en bois est renversée sur le sol et le service à thé que Fanie a reçu pour ses sept ans trône sur cette table improvisée. Sur le rebord d'une fenêtre, des clous, un marteau que monsieur Briard a égaré l'été dernier, du fil de fer et des bouts de bois dépareillés donnent à la gare l'allure d'un atelier d'apprenti-menuisier. Ce que

les deux amies peuvent bien faire là habituellement, madame Briard n'en a aucune idée. Comme elle a juré d'être discrète, elle ne pose aucune question. De toute façon, il n'y a pas de trace d'Andréanne ni de Pénélope.

La deuxième cachette leur cause plus d'émotions. Éloigné de toute habitation, l'entrepôt de légumes de monsieur Flamand est à peu près inutilisé l'hiver.

— Il y a une fenêtre derrière qui ferme mal, indique Fanie, c'est par là qu'on entre dans le sous-sol.

Fanie et sa mère sortent de voiture. Fanie passe devant parce qu'elle connaît le chemin. En entendant leurs pas, un chien se met à japper.

— C'est Pénélope, c'est Pénélope, s'écrie Fanie en courant imprudemment vers l'entrepôt. Babouchka lui emboîte le pas.

— Attends, Fanie, attends, crie sa mère courant derrière elle.

Fanie a à peine tourné le coin du bâtiment qu'un chien énorme lui saute dessus. Elle tombe à la renverse dans la neige. Le gros chien qui la maintient au sol, c'est Rosie, la doberman de monsieur Flamand. Madame Briard, qui connaît bien Rosie pour l'avoir soignée à plusieurs reprises, la calme en la caressant et en lui parlant. Babouchka lèche le visage de Fanie, qui se relève sans lui faire une caresse. Fanie est inquiète. Silencieusement, elle retourne à la voiture Où est donc Andréanne?

* * *

Au milieu de la forêt, Andréanne commence à avoir peur. Cette forêt qu'elle connaît si bien, elle ne la reconnaît pas.

— Il fait vraiment sombre ici, dit-elle seulement pour entendre sa voix.

Elle voudrait bien revenir sur ses pas, mais où est la route? Tout à l'heure, elle voyait des lumières. Maintenant, plus rien. Elle fouille dans le sac à dos et en sort une lampe de poche. Elle promène le faisceau de la lampe autour d'elle. C'est terrible, les arbres sont grands, sombres et menaçants. Ce n'est pas sa forêt!

— Pénélope, je pense qu'on est perdues, dit Andréanne d'une voix tremblotante.

* * *

La camionnette des gardes-chasse est garée sur la route. Monsieur Briard et Daniel Vézina sont prêts à fouiller la forêt.

— Je ne crois pas qu'Andréanne serait entrée dans la forêt par un sentier qu'elle ne connaît pas, dit monsieur Briard. Devant nous, ce sont les deux sentiers de ski de fond que les filles utilisent habituellement. Je remonte le premier, occupe-toi du second. On reste en contact.

— J'espère qu'elles ne se sont pas éloignées du sentier, s'inquiète Daniel.

Monsieur Briard lui tend un projecteur, petit mais puissant.

— Regarde bien au sol, Andréanne pourrait être tombée de fatigue.

Sur cette dernière recommandation, les deux gardes-chasse se séparent. Ils disparaissent rapidement, chacun de leur côté. Le temps presse.

* * *

Pour se donner du courage, Andréanne s'arrête, mange une tablette de chocolat et allume la lampe de poche. Elle éclaire Pénélope et les yeux confiants de la chienne la rassurent. Fatiguée, elle décide de passer la nuit à cet endroit. Elle creuse un trou dans la neige comme elle l'a vu faire à la télévision, déroule le sac de couchage en duvet et s'enfonce dedans jusqu'au menton.

— Pénélope, viens ici ma fille.

Docile, Pénélope vient se coucher près d'Andréanne. Andréanne la caresse et lui parle.

— Je ne veux pas que tu partes, mon chien, je ne veux pas que tu ailles vivre loin de moi. On va s'enfuir très loin toutes les deux et tu vas rester avec moi pour toujours. Maintenant, il faut dormir. Demain, on a encore une longue marche à faire.

Elle lui fait une dernière bise et éteint la lampe de poche. Comme il fait noir la nuit en forêt! Elle rallume la lampe; tant pis pour les piles, elle a trop peur.

* * *

Monsieur Forestier est de retour à la maison; il a sillonné les routes de la campagne et les rues du village en compagnie d'un policier. Sans résultat. Ils ont croisé Fanie et sa mère qui ne désespéraient pas, mais qui n'avaient toujours aucun indice, aucune trace. Elles allaient encore visiter un autre endroit avant d'abandonner. Madame Forestier s'est occupée de Noémie en attendant qu'on lui ramène Andréanne. Maintenant, Noémie dort paisiblement dans ses bras.

— Quand je pense que ma petite fille que j'ai bercée s'est enfuie de chez moi, laisse-t-elle tomber tout bas.

Son mari s'approche d'elle et l'entoure de ses bras.

— On fait tout pour la retrouver, Anne-Marie, tout.

Brusquement madame Forestier tend le bébé endormi à son mari.

— Je vais rejoindre Véronique et Fanie, j'en ai assez d'attendre ici. Je veux faire quelque chose.

— C'est inutile, lui répond son mari, elles vont revenir d'un instant à l'autre.

De fatigue et d'inquiétude, madame Forestier se laisse choir dans un fauteuil et éclate en sanglots.

— Qu'est-ce que je peux faire? Qu'est-ce que je peux faire?

* * *

Onze heures. Depuis près de deux heures, Daniel Vézina explore la montagne. Andréanne n'a sûrement pas pu aller très loin avec cette neige qui s'accumule. Daniel connaît la montagne comme le fond de sa poche. Il a grandi à Sutton où il est devenu garde-chasse. La forêt, c'est son amie. Sa lampe à la main, il fouille les sentiers, examine le sol. La neige tombe beaucoup moins et il ne vente presque pas. Il a de meilleures chances de trouver une piste.

— Il faut absolument que je retrouve Andréanne et ce chien.

Daniel pense à sa petite fille, Sarah. Il ne voudrait pas qu'on l'abandonne en forêt s'il lui arrivait de se perdre.

— Réfléchissons, se dit-il. Qu'est-ce que j'aurais fait à la place d'Andréanne?

Pour mieux se concentrer, Daniel éteint sa lampe. La nuit porte conseil, dit-on. Daniel promène son regard autour de lui. Et soudain, il croit voir… mais oui, c'est une petite lueur.

— On dirait une lampe de poche.

Il appelle doucement.

— Andréanne, Pénélope... C'est moi, Daniel!

Il court vers le petit point de lumière et Andréanne se jette dans ses bras en pleurant. Pénélope saute de joie. Ému, Daniel berce Andréanne pour la calmer.

— C'est fini, c'est fini.

Il est drôlement soulagé de l'avoir retrouvée. Enfin, Andréanne est sauvée.

* * *

Quand la camionnette des gardes-chasse s'arrête devant la maison des Forestier, les parents d'Andréanne sortent en courant. Ils serrent leur fille dans leurs bras; l'heure n'est pas aux reproches. Dès son arrivée à la camionnette avec Andréanne et Pénélope, Daniel avait avisé les policiers du succès de ses recherches et avait demandé qu'on dépêche un médecin chez les Forestier. Andréanne est rapidement examinée. Au grand soulagement de tout le monde, sa petite fugue ne l'a pas trop affectée. Elle a simplement eu peur et froid. On l'enveloppe dans de grandes couvertures. Puis c'est le silence. Personne ne demande à Andréanne pourquoi elle s'est enfuie. Tout le monde sait de quoi il retourne. Il s'agit de Pénélope. Fanie va s'asseoir près de son amie qui se réchauffe devant le foyer. Elle lui prend la main et lui demande :

— Tu l'aimes tant que ça Pénélope?

Pour toute réponse, Andréanne pleure. Elle pleure toutes les larmes qu'elle a retenues dans la forêt. C'est une peine qui n'a pas l'air de vouloir s'arrêter.

— Laissez-nous, demande monsieur Forestier, nous avons tous besoin de repos.

Après avoir chaleureusement remercié tout le monde et plus particulièrement Daniel Vézina, les Forestier restent seuls avec leur fille retrouvée. Pénélope est partie avec les Briard. Andréanne finit par s'endormir malgré ses larmes. La conversation que les parents d'Andréanne doivent avoir avec leur fille attendra au lendemain.

— Il faut qu'elle comprenne pour de bon que Pénélope ne lui appartient pas, dit son père.

— Il ne faut surtout plus qu'elle recommence ce qu'elle a fait ce soir, dit sa mère. Jamais!

4

UNE VISITE QUI CHANGE TOUT

Cette affaire est allée très loin et Andréanne a fait une bien grosse bêtise pour garder sa Pénélope. Patrice pense pouvoir lui faire comprendre combien il est important que la chienne qu'elle aime la quitte pour faire son travail.

— Andréanne pourrait visiter l'endroit où on dresse les chiens-guides, propose-t-il. Comme ça, elle verrait que les chiens choisis pour faire ce travail ne sont pas malheureux du tout. Au contraire.

Tout le monde trouve l'idée excellente. Un rendez-vous est pris pour le samedi suivant.

Dans l'auto de Patrice, les filles ne tiennent pas en place.

— Est-ce qu'il y a beaucoup de chiens? demande Andréanne.

— Tu penses qu'on pourra les flatter? demande Fanie.

Patrice rit.

— Patience, vous verrez tout dans un instant. Nous arrivons.

En effet, par la fenêtre entrouverte, on entend japper des dizaines de chiens. L'accueil est pour le moins impressionnant. Elles descendent de voiture avec cette musique canine dans les oreilles. Ouah, ouah, ouah-ouah!

Patrice les entraîne dans le chenil. Il a l'air tellement fier.

— Je vais vous présenter mes petits élèves à moi. En ce moment, je travaille avec sept chiens.

— Sept chiens? Tous en même temps? s'étonne Fanie.

— Je ne monte pas un numéro de cirque, corrige Patrice, j'ai un travail à leur apprendre. Je travaille avec chaque chien individuellement plusieurs fois par jour. Venez voir comme ils sont beaux.

Andréanne le suit, bouche bée. Elle n'a jamais vu autant de chiens en un même endroit. Et de tous côtés, ces chiens se jettent contre la porte de leur cage, non pas parce qu'ils sont méchants mais pour avoir une caresse! Andréanne en a le cœur tout retourné.

— Comme leurs yeux sont beaux, dit-elle. Comme ils ont l'air doux!

— Ce sont des chiens magnifiques, répond Patrice, les yeux brillants. Et ce qu'ils font est magnifique aussi. Vous rendez-vous compte que, grâce à chacun de ces chiens, un aveugle va pouvoir se déplacer sans danger? C'est comme si on leur donnait des yeux, à ces aveugles.

— Je suis fière que tu travailles à donner des yeux à des aveugles, Patrice, dit Fanie.

— Venez que je vous présente à mes élèves, dit Patrice.

Dans une grande cage, quatre gros chiens se poussent pour avoir la meilleure place. Qui sont ces petites filles? ont-ils l'air de penser. J'aimerais avoir une caresse de la petite brunette.

Moi, j'aimerais bien lécher la main de l'autre. Tu as vu ses yeux, ils sont noisette, disent les yeux des chiens.

— Tu as vu ses yeux, ils sont noisette, dit Andréanne en pointant un des chiens. Sa voix tremble tellement elle est émue d'être là.

— Lui, c'est Max. C'est un labrador. Nous aimons beaucoup travailler avec les labradors, les golden retrievers et aussi les bouviers bernois, comme Pénélope. Voici Gustave, Bouddha, Cléo, Mathilde, Cassonade et Bonhomme.

— On peut en flatter un? demande Fanie.

— Nous allons emmener Max avec nous pour terminer la visite. Il va vous faire une petite démonstration de ses talents.

En voyant la cage s'ouvrir, Max est excité comme un bébé. Il court de l'un à l'autre en distribuant des coups de langue et des caresses de ses grosses pattes. Patrice prend bien le temps de le caresser et de lui parler, puis il le rappelle à l'ordre.

— Au pied, Max! ordonne-t-il.

Max se range aux côtés de Patrice qu'il suit docilement, pas à pas.

— Là, c'est l'endroit où nous gardons les mères et leurs petits. Vous voyez, c'est ici que Pénélope a passé quelque temps avec sa mère avant de se retrouver en famille d'accueil. Vous pouvez vous imaginer Pénélope, petit bébé, jouant avec ses frères et sœurs? demande Patrice.

— Pénélope a grandi ici?

Andréanne est songeuse.

— Et ce beau bouvier bernois que vous voyez là, poursuit Patrice, c'est une femelle. Elle a quatre ans, c'est la mère de Pénélope. Ariane. Elle est belle, non?

Andréanne passe la main à travers les barreaux. Ariane s'approche doucement, hume la petite main offerte et la lèche posément. Finalement, elle lève la tête et regarde Andréanne droit dans les yeux.

— Elle a les mêmes yeux que Pénélope. J'en reviens pas, tu vois ça Fanie, c'est la mère de Pénélope.

Fanie n'est pas étonnée le moins du monde.

— Tu pensais quand même pas que Pénélope était née dans un chou? se moque-t-elle.

Andréanne ne répond pas.

Patrice et les deux filles quittent la mère de Pénélope pour aller visiter les chambres qui accueillent habituellement des aveugles.

— C'est pratique, s'ils ont besoin d'un chien, il y en a juste à côté, dit Andréanne.

— Quand le dressage des chiens est terminé, dit Patrice, les aveugles viennent vivre un mois parmi nous, pour faire connaissance avec leur futur guide. Ils passent ici des moments qui vont changer leur vie. C'est presque comme si nous leur donnions des yeux.

— Je voudrais bien voir comment on dresse un chien, dit Fanie.

— Pour ça, je vais avoir besoin de mon bon vieux Max, dit Patrice.

Max bondit en entendant son nom; il frémit d'excitation en comprenant qu'on va le faire travailler. Après être allé chercher le harnais de Max, semblable à celui que portent tous les chiens-guides quand ils travaillent, Patrice dit à Max :

— Mets ton harnais.

Au grand étonnement des filles, le beau Max saute dans son harnais et, du coup, devient le chien le plus calme qu'elles aient jamais vu.

— On dirait qu'il comprend ce que tu lui demandes! s'exclame Andréanne qui n'en revient pas.

— Bien sûr qu'il comprend, répond Patrice. Il sait qu'en mettant son harnais, il doit devenir sérieux, concentré. C'est la vie d'un aveugle qui est entre ses mains. Mais travailler peut être très amusant. En fait, les chiens adorent ça.

— J'ai déjà vu un chien-guide au coin d'une rue, il attendait que le feu devienne vert, dit Fanie.

— En fait, corrige Patrice, le chien ne distingue pas les couleurs. Il s'arrête à la vue de ce qui pourrait faire trébucher son maître ou le mettre en danger. Quand son chien s'arrête, l'aveugle utilise les moyens dont il dispose pour identifier l'obstacle. C'est lui qui décide de ce qu'il

convient de faire. Le chien avertit son maître du danger. Regardez.

Pour mieux illustrer ses explications, Patrice fait circuler Max dans un parcours parsemé d'obstacles : il y a un trottoir, des marches, une borne-fontaine, des courbes et même une bicyclette au beau milieu du chemin. Patrice marche comme s'il était aveugle et Max, sérieux comme un pape, s'immobilise chaque fois qu'il y a un obstacle et attend les ordres du maître. Quand le parcours est terminé, Patrice félicite chaleureusement son chien.

— Max, c'est vraiment un très bon chien et quand il va partir, je vais m'ennuyer. Mais ce n'est pas pour mon plaisir que Max est ici. Il a été élevé pour devenir les yeux d'un aveugle. C'est pour ça que je vais passer par-dessus ma peine et le laisser partir.

— Tu dois les aimer beaucoup, les chiens que tu dresses, hein, Patrice? dit Fanie.

Patrice caresse Max.

— Oui, beaucoup.

Andréanne ne dit rien, mais elle est très attentive à ce qui se passe.

5

Bon anniversaire!

Au retour, Andréanne et Fanie sont transformées. Chacune à sa façon. Fanie n'arrête pas de jacasser; elle vient de décider que, plus tard, elle fera le dressage des chiens-guides. Andréanne, silencieuse contrairement à son habitude, a elle aussi pris une décision. Elle n'empêchera pas Pénélope de partir. Oui, ça lui fera beaucoup de peine, mais elle sera toujours heureuse de savoir que Pénélope fait un travail utile, très utile.

Pendant que Fanie placote, ricane et raconte à ses parents la visite de la journée, Andréanne se rend au salon et va retrouver Pénélope qui se met aussitôt à battre de la queue.

Ceux qui ne croient pas qu'un chien et une petite fille peuvent se comprendre, seraient bien étonnés de voir ce qui se passe dans le salon des Briard. Une petite fille y tient serré dans ses bras un chien qui commence à faire un bon poids. Entre cette petite fille et ce gros petit chien, coule un murmure qui ne s'arrête pas.

La mère de Fanie, qui vient justement mettre son nez dans la porte du salon, interdit à tout le monde d'y entrer et improvise une promenade familiale obligatoire pour laisser seules Andréanne et Pénélope. Elle sait qu'il se passe là quelque chose de très important et que personne ne doit s'en mêler.

Dans la grande maison vide, voici ce qu'Andréanne murmure à Pénélope.

— Aujourd'hui, j'ai vu ta maman. Je sais pas si tu te rappelles de ta maman. Elle a des yeux comme les tiens, des beaux yeux noisette très doux. Tu sais ce que j'ai compris, c'est que tes beaux yeux noisette, ils vont redonner la vue à un aveugle. Quelque part, quelqu'un ne voit pas et t'attend pour que tu regardes à sa

place où il doit mettre les pieds. Tu comprends que tu ne peux pas rester ici à me regarder avec amour. Il faut qu'ils servent à quelque chose, ces beaux yeux-là.

Et comme ça, très longtemps, la petite fille murmure à l'oreille de la chienne qui l'écoute sagement. Ni l'une ni l'autre ne bouge un orteil, une griffe, une patte, une jambe. Elles restent serrées l'une contre l'autre. Puis le murmure cesse, Andréanne se lève, prend son manteau et sort de la maison sans un regard pour Pénélope qui, pour la première fois, ne gémit pas.

* * *

C'est aujourd'hui que Pénélope part pour le centre de dressage. Patrice doit venir la chercher. Les deux filles, pour ne pas avoir plus de peine que nécessaire, sont parties faire une randonnée en forêt. Andréanne marche à grandes enjambées. Fanie, qui d'habitude est toujours devant, traîne de la patte loin derrière. Après une demi-heure de ce régime, elle s'arrête et hurle à pleins poumons.

— ANDRÉANNE! ANDRÉANNE, ARRÊTE!

Andréanne finit par s'arrêter loin devant. Elle s'écrase sous un arbre. Fanie la rejoint finalement.

— Qu'est-ce que t'as mangé pour déjeuner, de la vache enragée? demande-t-elle.

Andréanne sourit.

— Non, chez nous, on sert plutôt le lait bionique.

Fanie ne la trouve pas si drôle.

— Qu'est-ce qui te prend de marcher à cette vitesse-là? C'est parce que t'as de la peine puis tu veux pas le dire?

Andréanne fait son plus beau sourire.

— Tu me croiras si tu veux, mais quand on a visité le centre de dressage, ma peine a fondu. On dirait que, tout d'un coup, je suis plus un bébé gâté. J'ai fini de pleurer. Depuis ce jour-là, je suis contente, je suis fière de moi. Et quand je pense à Pénélope, à ce qu'elle s'en va faire, je suis fière d'elle aussi.

Un sanglot se fait entendre.

— Mais tu pleures, Fanie, pourquoi?

— Je trouve ça tellement beau ce que tu dis.

— Arrête de pleurer, grosse nouille, les larmes vont te geler sur les joues. Moi, je mangerais bien un sandwich au beurre de pinottes, dit Andréanne en fouillant dans le sac à dos.

— Il est juste dix heures, on vient de partir, la réprimande Fanie, à travers ses larmes.

— Veux-tu que je te dise, Fanie Briard, t'es pas ma mère! réplique Andréanne en mordant à belles dents dans son sandwich.

* * *

Trois semaines ont passé. Aujourd'hui, on fête chez les Forestier. C'est l'anniversaire d'Andréanne et ses parents ont décidé de le souligner de façon particulière. La maison est pleine de monde. Des adultes, des enfants. Les parents Briard, bébé Noémie, Fanie et même

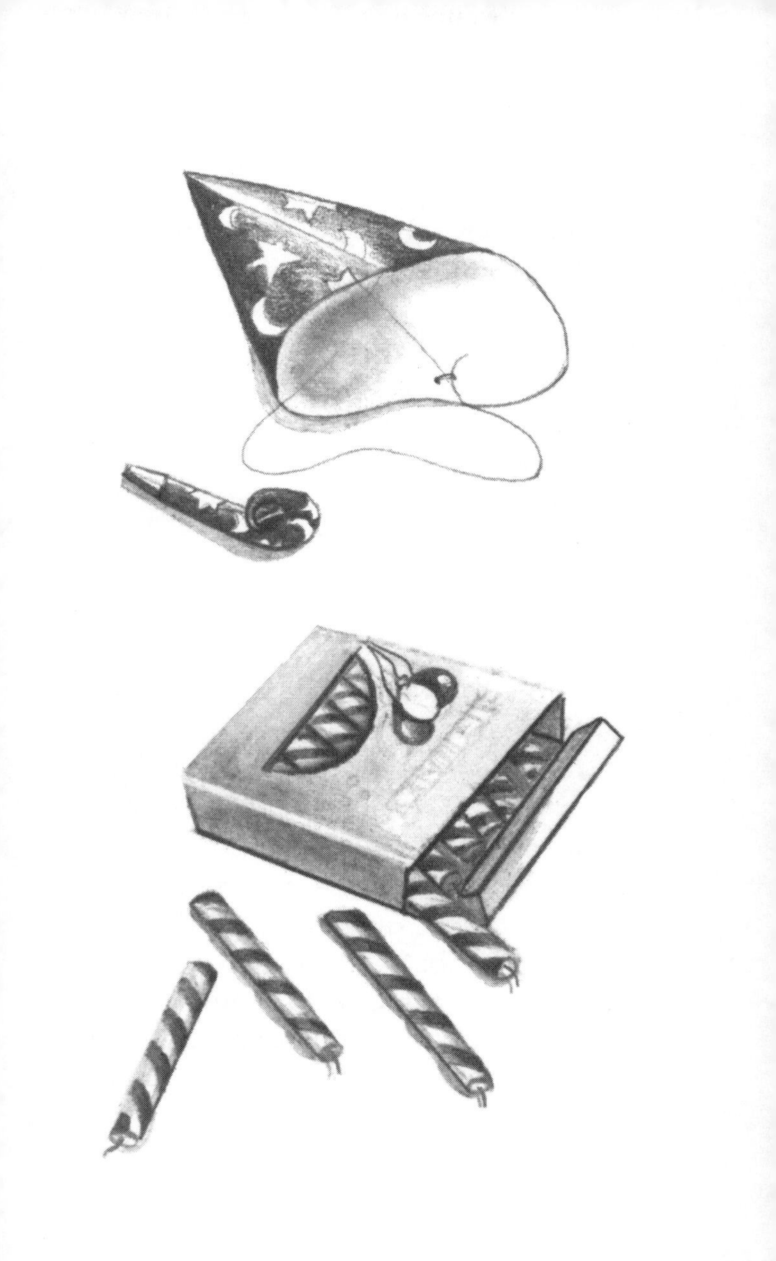

Alex, qui est venu spécialement de Sherbrooke. Spécialement pour Andréanne. Steve Trottier est là aussi. Il a offert une boîte de chocolats à Andréanne mais elle n'a pas eu le temps d'en manger un seul. Pendant qu'elle déballait ses cadeaux, les invités ont vidé la boîte.

C'est une fête superbe. Tout le monde s'amuse ferme. Pour le moment, on joue à l'intérieur mais une grande promenade est prévue juste avant le souper.

Il y a quelque chose dans l'air que seule Andréanne ne comprend pas. Qu'est-ce qu'ils ont tous à sourire en la regardant du coin de l'œil? Elle décide de demander à sa mère ce qui peut bien se passer de si mystérieux et qui a l'air de réjouir tout le monde.

— C'est une surprise, répond madame Forestier. Disons que nous attendons une invitée spéciale, très spéciale.

La fête continue. Andréanne est très intriguée. Une invitée spéciale... Mais qui? Elle a beau réfléchir, elle ne voit pas.

Elle est en train de jouer à Quelques arpents de pièges avec Steve, Alex et Fanie quand monsieur Briard se met à crier.

— Ils arrivent, ils arrivent!

Tous les invités courent à la fenêtre. Andréanne va directement à la porte et l'ouvre. Tu parles d'une surprise! C'est Patrice, l'oncle de Fanie. Andréanne est un peu déçue. Patrice serait son invité spécial? Et pourquoi? Qu'est-ce que Patrice peut avoir de si spécial pour que tout le monde soit si excité de le voir?

Patrice, debout près de l'auto, commence à chanter.

— Chère Andréanne, c'est à ton tour, de te laisser parler d'amour, chère Andréanne…

Les autres reprennent en chœur. Andréanne rougit. Quand la chanson est terminée, Patrice prend la parole.

— J'ai pensé t'offrir ce qui pourrait te faire le plus plaisir au monde. Voici ton invitée spéciale.

Il ouvre la portière de la voiture et c'est… Andréanne n'en croit pas ses yeux! C'est Pénélope, sa belle Pénélope qui court vers elle et se jette dans ses jambes. Andréanne se laisse tomber sur les genoux en pleurant tellement elle est heureuse. Pénélope ici, pour sa fête! Pénélope lèche les larmes d'Andréanne, c'est bon des larmes, c'est tout salé.

Monsieur et madame Forestier viennent rejoindre leur fille.

— Elle est à toi maintenant, si tu veux encore avoir un chien, dit monsieur Forestier.

— Si je veux, bien sûr que je veux, proteste Andréanne, mais le dressage? Pénélope ne sera pas chien-guide?

C'est Patrice qui répond.

— Non. Pénélope était trop attachée à toi. Elle s'ennuyait et elle n'arrivait pas à faire son travail. Tout ce que nous te demandons, c'est de lui laisser avoir des petits. Elle viendra mettre bas au centre et reviendra chez toi ensuite. Ces enfants, eux, deviendront chiens-guides. Voilà, c'est le cadeau que je te fais pour ton anniversaire.

— Merci Patrice, c'est le plus beau cadeau que j'aie jamais eu!

— Maintenant, nous allons tous faire une promenade dans le bois et les chiens sont invités, annonce madame Forestier.

Andréanne ne se fait pas prier. Elle est la première à partir. Pénélope ne la lâche pas d'une semelle. Fanie rejoint son amie.

— Te rends-tu compte, ça fait deux jours que je sais que Pénélope va revenir. Deux jours que j'garde le secret.

— Merci d'avoir tenu ta langue. T'es vraiment ma meilleure amie, Fanie.

Andréanne l'embrasse.

Pénélope jappe un bon coup. Quoi, personne ne m'embrasse, moi?

Andréanne prend la tête de Pénélope dans ses mains.

— Toi, tu es mon chien adoré…

Et elle donne un p'tit bec sur les beaux yeux de Pénélope.

— Viens, nous allons marcher dans le bois, nous avons le droit maintenant.

— Ne vous perdez pas, blague monsieur Briard, Daniel Vézina n'est pas là aujourd'hui.

Andréanne sourit. Elle est bien trop heureuse pour songer à se sauver. Elle marche fièrement vers la montagne, sa chienne sur les talons. Sa chienne à elle, sa Pénélope.

Table des matières

NIVEAU 3

NIVEAU 3

NIVEAU 2

NIVEAU 1